FERNANDO MARTOS

HELLE THOMASSEN

LAS TRES HIJAS

kalandraka

Este era un rey
que tenía tres hijas,
las metió en tres botijas
y las tiró a un río.
Iban diciendo:

¡Qué Lío!
¡Qué Lío!
¡Qué Lío!

Ese río atravesaba un bosque
y en el bosque vivían tres hermanos.
Uno era leñador,
otro era pastor
y el más pequeño, poeta.

Aquel día, ayudaban al leñador
a olivar unas encinas para las hogueras de invierno,
cuando oyeron a las tres hijas del rey
gritando por el río:

¡QUÉ LÍO!
¡QUÉ LÍO!
¡QUÉ LÍO!

Se acercaron a la orilla.
Agarró el leñador el hacha,
la arrojó y... ¡ZAS! ¡ZAS!

¡ZAS!

Partió las tres botijas
y salieron las tres hijas del rey,
que eran... ¡BONITAS...

BONITAS...

BONITAS!

Juntos fueron a palacio
con la alegre intención de casarse,
pero el rey contestó:
—Si no os vais antes de que anochezca,
os cortaré la cabeza.

Al atardecer, los tres hermanos
llegaron a su casa del bosque,
con el puño apretado por la rabia
y con un nido de ganas en el corazón.

Porque en aquel palacio vivía un rey
que tenía tres hijas,
las metió en tres botijas
y las tiró a un río.
Iban diciendo:

¡QUÉ LÍO!
¡QUÉ LÍO!
¡QUÉ LÍO!

Aquella tarde ayudaban a su hermano el pastor
a que nacieran unos corderos para la cría,
cuando oyeron a las tres hijas del rey gritando:

¡QUÉ LÍO!

¡QUÉ LÍO!

¡QUÉ LÍO!

Se acercaron a la orilla.
Agarró el leñador el hacha,
la arrojó...
y pasó por encima de las botijas sin poderlas romper.
Entonces, asió el pastor la cayada
y dijo una, y dijo dos, y dijo tres y... ¡ZAS! ¡ZAS!
¡ZAS!

Partió las tres botijas
y salieron las tres hijas del rey,
que eran... ¡BONITAS...
BONITAS...
BONITAS!

Juntos fueron a palacio
para exigir el casamiento,
pero el rey contestó:
—Si no os vais antes de que anochezca,
os cortaré la cabeza
y os cortaré los pies.

Al anochecer,
los tres hermanos llegaron a su casa,
con los dientes apretados por la rabia
y con un nido, llenísimo de pájaros,
en el corazón.

Porque en aquel palacio vivía un rey
que tenía tres hijas,
las metió en tres botijas
y las tiró a un río.
Iban diciendo:

¡QUÉ LÍO!
¡QUÉ LÍO!
¡QUÉ LÍO!

Aquella noche
ayudaban a su hermano el poeta
a componer una canción
para las fiestas de la flor,
cuando oyeron a las tres hijas del rey gritando:

¡Qué Lío!

¡Qué Lío!

¡Qué Lío!

Se acercaron a la orilla.
Arrojó el leñador el hacha, pero pasó por encima.
Agarró el pastor su cayada
y dijo una, y dijo dos, y dijo tres,
pero no golpeó las botijas.
Y las tres hijas del rey se iban río abajo.
Tomó el poeta su pluma,
la lanzó y suavemente... ¡ZAS! ¡ZAS!
¡ZAS!

Rompió las tres botijas
y salieron las tres hijas del rey, que eran: ¡BONITAS... BONITAS...
BONITAS!

Dijeron los hermanos:

—Si vamos a palacio

nos cortarán las cabezas y nos cortarán los pies.

Y a vosotras os meterán en tres botijas

y os tirarán río abajo.

Solo lejos de aquí viviremos juntos y en paz.

Acarrearon bártulos y ajuares... y adiós.
Así se fueron, con los cuerpos apretados por la risa
y con un nido de pájaros volanderos en el corazón.

Llegaron a una tierra desconocida
donde el rey no los pudo encontrar.
Allí viven felices desde entonces los tres hermanos
y las tres hijas del rey, que eran...